Bereits erschienen:

978-3-649-60886-8

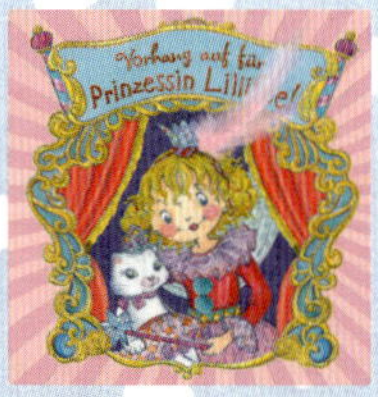
978-3-649-61444-9

978-3-649-61673-3

978-3-649-61786-0

978-3-649-71866-8

978-3-649-62360-1

978-3-649-62295-6

978-3-649-67028-5

978-3-649-63188-0

978-3-649-63443-0

978-3-8157-7080-1

5 4 3 2 1 25 24 23 22 21
ISBN 978-3-649-63885-8

Text: Burkhard Nuppeney

www.coppenrath.de

FSC
www.fsc.org
MIX
Papier aus verantwortungsvollen Quellen
FSC® C020056

Prinzessin Lillifee

Ein Wintermärchen

Von Monika Finsterbusch

COPPENRATH

„Lillifee, Lillifee, es schneit!", freuten sich die Mäuse Cindy und Clara und streckten ihre kleinen Hände verzückt in den grauen Herbsthimmel.
„Jetzt schon Schnee? Was für eine Überraschung", staunte Prinzessin Lillifee, die sich diesen sonnigen Herbsttag ausgesucht hatte, um mit ihren Freunden im Schlossgarten die letzten Äpfel, Nüsse und Pilze zu sammeln.
„Wenn es weiter so schneit", grunzte Pupsi, „kann ich morgen Ski fahren, statt hier oben im Baum zu sitzen und für das Lichterfest Äpfel zu pflücken!"
Henry, der Hase, klopfte sich vor Freude auf die Schenkel: „Und ich werde gleich meinen Schlitten aus dem Keller holen."
„Ich baue einen Schneemann, wie ihr ihn noch nie gesehen habt", prahlte Iwan, der Igel, und vergaß vor Aufregung seinen Korb mit den Pilzen hinter dem Baum.
„Das sieht dir ähnlich", grunzte Pupsi.
„Oder dir", schmunzelte Iwan.
„Und was machst du, Lillifee?", fragte der Igel die kleine Prinzessin.
„Ich galoppiere mit Rosalie durch die Schneelandschaft", sagte Lillifee, „falls morgen noch alles weiß ist. Wir haben ja noch nicht Winter. Warten wir erst mal ab, ob der Schnee liegen bleibt – und wenn nicht", tröstete Lillifee ihre Freunde, „haben wir für unser Lichterfest genug zu tun!"
Lillifee blickte in den grauen verschneiten Himmel. „Was haltet ihr davon, wir fangen gleich heute Abend damit an?"
„Au ja, toll!", riefen alle Freunde.

Im Kamin der Schlossküche knisterte ein Feuer. Es war warm und gemütlich. Die Freunde warteten ungeduldig am Küchentisch. Schon auf der Treppe hörte Prinzessin Lillifee lautes Gezeter: „Ich knacke die Nüsse!“ – „Nein, ich!“

Lillifee schaute neugierig um die Ecke. In der Schlossküche herrschte ein großes Durcheinander: Bänder, Strohsterne, Nüsse, Äpfel und Möhren, Zapfen und Körner – alles lag auf dem Tisch.

„Und wo sind die Backzutaten für die Lebkuchen?“, fragte Lillifee. „Und die Kerzen für den Tannenbaum?“

„Das Kneten des Lebkuchenteigs dauert so ewig“, rief Pupsi. „Dazu haben wir gar keine Lust. Und wo die Kerzen sind, wissen wir auch nicht ...“

„Genau, wir wollen viel lieber für die Tiere aus dem Zauberwald Futterbaumschmuck basteln, das macht mehr Spaß“, stimmten die anderen ihm zu.

„Also gut! Dann backe ich die Lebkuchen morgen und die Kerzen für den Baum suche ich auf dem Dachboden", schlug Lillifee vor.

„Prima, Lillifee!", jubelten die Tiere und machten sich an die Arbeit: Iwan, der Igel, zog getrocknete Apfelscheiben auf hübsche Schleifenbänder, Cindy und Clara knackten gemeinsam die vielen Nüsse und klebten sie mit Zuckerguss auf die Strohsterne. Henry, der Hase, knotete Möhren an eine lange Girlande. Und Pupsi machte leckere Nusskringel.

„He, Pupsi, lass auch noch welche für die Waldtiere übrig!", kicherte Cindy.

„Es fehlen noch die Orangenhälften mit Körnern für die Vögel", piepste Clara.

„Das wird ein Festsschmaus für die Waldtiere!", rief Lillifee fröhlich.

Es wurde spät. Cindy und Clara rieben sich die müden Augen. „Es ist genug für heute, lasst uns schlafen gehen", schlug Lillifee vor, „morgen ist auch noch ein Tag."

Am Morgen war der Schlossgarten wie in dicke weiße Watte gehüllt, denn es hatte die ganze Nacht lang weitergeschneit. Fröhliches Gejohle aus dem Schlossgarten weckte Prinzessin Lillifee. Sie streckte sich unter ihrer warmen Decke und versuchte weiterzuschlafen.

PENG! Was war das? Die kleine Prinzessin sprang aus dem Bett. Sie lief zum Fenster und blickte verschlafen in eine verschneite und verzauberte Winterlandschaft.

Draußen tobten ihre Freunde. Sie hüpften und wälzten sich übermütig im Schnee und bewarfen das Schlossfenster mit Schneebällen.

„Lillifee, aufwachen! Das musst du sehen. So viel Schnee hat es in Rosarien schon seit hundert Jahren nicht mehr gegeben!“

Lillifee winkte ihren Freunden. Ihr Blick wanderte hinüber zum verschneiten Zauberwald. Da entdeckte sie am Waldrand einen kleinen Fuchs, der schüchtern ihren Freunden zusah. Lillifee hatte ihn noch nie zuvor in Rosarien gesehen.

Sie öffnete das Fenster. „Schaut nur dahinten, seht ihr den kleinen Fuchs neben der Tanne?“, rief sie ihren Freunden zu und zeigte mit der Hand zum Waldrand.

Ihre Freunde winkten fröhlich zu ihr nach oben. Sie hatten sie gar nicht verstanden. Nun zogen sie auch schon weiter zum kleinen Rodelberg hinter dem Schloss.

Lillifee rieb sich ihre Augen, und als sie erneut zum Zauberwald schaute, war der kleine Fuchs verschwunden. Das ließ ihr keine Ruhe. Wer war dieser kleine Fuchs? Suchte er etwas?

„Bestimmt kommt er aus dem Zauberwald“, dachte sie.

Prinzessin Lillifee zog sich warm an, lief erst die breite Schlosstreppe herunter und dann in die glitzernde Winterlandschaft.
Auf dem Weg zu ihren Freunden hörte sie das aufgeregte Wiehern von Rosalie, dem Einhorn.
„Sie riecht den Schnee!", dachte Lillifee und lächelte. „Ich mache Rosalie bestimmt eine große Freude, wenn ich mit ihr in diese zauberhafte Winterwelt ausreite – und wer weiß, vielleicht finde ich eine Spur von dem kleinen Fuchs."
Schnell lief sie zu Rosalies Stall und führte sie an die frische, klare Schneeluft. Das Einhorn schnaubte vor Vergnügen.
„Komm, Rosalie, zuerst schauen wir mal bei unseren Freunden am kleinen Rodelberg vorbei!"
„Hallo, ihr Lieben!", rief sie von Weitem.
„Pupsi, halte die Skier zusammen!", korrigierte Henry seinen Freund.
„Aus dem Weg, Lillifee!", kreischten Cindy und Clara in ihrem Pappkarton.
Lillifee schaute hinüber zu Iwan und musste lachen.
„Dein Schneemann sieht Pupsi aber ziemlich ähnlich, ist das etwa Absicht?", neckte sie den kleinen Igel.
Iwan kicherte vergnügt, sah aber gar nicht hoch, weil er so beschäftigt mit seinem Schneeschwein war.
Rosalie schnaubte und scharrte ungeduldig mit den Hufen.
„Schon gut, ich verstehe, hier stören wir nur!", murmelte Prinzessin Lillifee.
„Hört mal, ich mache jetzt einen Ausritt", rief Lillifee ihren Freunden zu, „und am Nachmittag komme ich zurück und kümmere mich um die Lebkuchen und die Kerzen."

Rosalie war nicht zu halten. Sie galoppierte mit großen Sprüngen über die Wiesen und umkreiste das Blütenschloss.

Sie genoss den Galopp durch den hohen Schnee. Rosalie schnaubte und wieherte vor Freude und tauchte ihr Maul immer wieder in das kalte Weiß. Leicht wie eine Feder sprang das Einhorn über kleine verschneite Hecken und Baumstämme.

Je länger ihr Ausritt mit Rosalie dauerte, desto mehr Spaß hatte Lillifee mit ihrem Einhorn.

Nach einer Weile lenkte sie Rosalie in Richtung Zauberwald. Der kleine Fuchs geisterte durch ihren Kopf. Sie wollte unbedingt hinter sein Geheimnis kommen.

„Ho, Rosalie!"

Nur zögernd hielt das Einhorn am Waldrand an.

Lillifee rutschte vom Sattel. Sie hatte Spuren im Schnee entdeckt.

„Aha", dachte sie, „hier könnte die Stelle sein, an der ich den Fuchs gesehen habe."

Sie bückte sich und schaute genauer hin.

„Das sind Fußtapsen von einem Fuchs", murmelte sie.

Kleine Lebkuchenherzen lagen neben den Schneespuren verstreut auf dem Weg.

„Was hat das wieder zu bedeuten?", dachte Lillifee. Sie nahm ein Lebkuchenherz, schnupperte daran und biss ein kleines Stück davon ab.

„Mmmh, sehr lecker!"

Mit einem ungeduldigen Wiehern machte sich Rosalie bemerkbar.

„Ist ja schon gut", flüsterte ihr Lillifee ins Ohr, „es geht ja gleich weiter."

Behutsam führte sie Rosalie in den Zauberwald, um den geheimnisvollen Spuren zu folgen, doch das Einhorn sträubte sich.

„Ganz ruhig, Rosalie", besänftigte sie ihr nervöses Einhorn.

„Lillifee, mir ist es zu dunkel im Zauberwald", schnaubte Rosalie. „Wollen wir nicht weiter über die herrlich weißen Hügel springen?"

Aber Prinzessin Lillifee war einfach zu neugierig! Sie wollte unbedingt herausfinden, was die Spuren und Lebkuchen zu bedeuten hatten.

„Na gut, Rosalie, dann galoppiere du zurück", sagte Lillifee mit ruhiger Stimme. „Ich sehe mich hier noch ein bisschen um!"

Sie gab ihrem Einhorn einen liebevollen Klaps und weg war es.

Ganz allein folgte Prinzessin Lillifee mit ihrer Laterne den Fußtapsen. Doch schon bald waren die Schneespuren verweht. Was nun?

„Hier vorne knackt irgendetwas", dachte sie und fröstelte. „Und wer oder was raschelt dort hinten? Ist hier etwa noch jemand unterwegs?"

Doch der Schnee verschluckte fast alle Geräusche und irgendwann wurde Prinzessin Lillifee müde und kalt war ihr auch.

„Wenn ich ehrlich bin", seufzte sie, „sollte ich am besten umkehren! Aber vorher muss ich mich ganz kurz ausruhen."

Erschöpft setzte sich Lillifee unter einen Baum und schlief sofort ein.

„Hallo, Prinzessin Lillifee, aufwachen!", hörte Lillifee eine helle Stimme. Langsam öffnete sie ihre Augen.
„Elli, habe ich etwa geschlafen?", fragte Lillifee erschrocken.
Das Eichhörnchen nickte und sagte: „Keine gute Idee – bei der Kälte!"
„Wer steht denn da hinter den Bäumen?", flüsterte Lillifee müde.
„Wir sind es, deine Waldfreunde", hörte Lillifee ein dunkles Krächzen und erkannte Olga, eine alte Eule. „Wir verstecken uns vor dem Fuchs, der neben dir liegt."
„Neben mir?", Lillifee schaute sich um und musste lachen. „Ach, du meinst diesen kleinen Kerl. Wir haben uns bestimmt gegenseitig gewärmt."
„Genau, den Fuchs meine ich. Alle Waldtiere beobachten ihn seit gestern, wie er im Zauberwald herumstreunt. Was macht er hier? Kennst du ihn?"
Lillifee schüttelte den Kopf. Sie strich dem kleinen Fuchs sanft über den Rücken. Der Fuchs schaute sie dankbar an.
„Ich heiße Milo, und du musst die gute Fee sein, die alle Waldtiere zu ihrem Lichterfest eingeladen hat. Das habe ich von Susi, dem Rotkehlchen, gehört. Darum habe ich versucht, in deine Nähe zu kommen, aber dann fehlte mir der Mut, dich anzusprechen", seufzte Milo traurig. „Ich suche eine warme Höhle und etwas zu essen."
„Aber er hat doch was zu essen in seiner komischen goldenen Tasche", krächzte die Eule. „Nämlich Lebkuchen. Wo hat er die eigentlich her, die Lebkuchen?"
„Das ist mein Geheimnis!", knurrte Milo.
„Milo, ich helfe dir!", sagte Lillifee mit fester Stimme.

„Olga, kennst du hier im Zauberwald vielleicht jemanden, der den armen kleinen Kerl in seiner Familie aufnimmt?", fragte Lillifee.

„Da gibt es eine Dachsfamilie, nicht weit von hier", krächzte Olga, „aber ihre Höhle ist sehr klein und die Familie Dachs hat noch dazu fünf Kinder."

„Man kann ja trotzdem mal fragen, Olga", antwortete Lillifee geduldig, „also werde ich das tun!"

„Und was wird aus dem Lichterfest?", krächzte die Eule. „Müsstest du das nicht gerade vorbereiten?"

„Keine Sorge", antwortete Prinzessin Lillifee, „das Lichterfest findet wie geplant statt! Ich freue mich schon, wenn wir uns dort sehen!"

Lillifee fühlte sich hin- und hergerissen: Einerseits wollte sie Milo unbedingt helfen, andererseits hatte sie ihren Freunden versprochen, sich um die Lebkuchen und Kerzen zu kümmern.

Aber der kleine Milo sah mit seinen großen traurigen Augen hoffnungsvoll zu ihr auf.

„Lichterbaum hin oder her", dachte sie und gab sich einen Ruck, „zuerst werde ich Milo helfen!"

Und so machte sich Prinzessin Lillifee mit dem kleinen Fuchs auf den Weg zur Dachsfamilie.

Es war ein langer Weg durch den tief verschneiten Zauberwald. Das Laufen im knietiefen Schnee war für beide anstrengend – für die Feenprinzessin in ihrem Wintermantel und für den kleinen Schneefuchs mit seiner goldenen Tasche.

Doch nach einer Weile sah Lillifee auf einer Waldlichtung ein helles Licht. Verwundert rieb sie sich die Augen. Da stand mitten im Zauberwald ein buntes Häuschen, klein wie ein Puppenhaus.

Neugierig schlich Lillifee näher heran und aus dem Häuschen wurde ein wunderschönes Lebkuchenschloss. Eine kleine Gestalt machte sich an den Dachziegeln zu schaffen.

„Schau nur, Milo, hast du so etwas schon mal gesehen?“

Sie bekam keine Antwort und drehte sich um. Milo hatte sich hinter einer kleinen Tanne in der Nähe versteckt.

„Lillifee“, rief er warnend, „komm schnell da weg und lass uns lieber weiter nach der Dachsfamilie suchen!“

„Warum?“, flüsterte Lillifee. „Hast du etwa Angst vor dem Lebkuchen-schloss?“

„Nein, nein, aber dort wohnt eine kleine unfreundliche Hexe.“

Neugierig schlich Prinzessin Lillifee auf das Schloss zu und musste lachen. „Ach, Milo, das ist keine Hexe, das ist doch die kleine Fee Bella, die da auf der Leiter steht!“, rief sie erleichtert.

Das Mädchen mit den wirren roten Locken und dem lustigen Spitzhut drehte verdutzt den Kopf.

„Prinzessin Lillifee, was machst du denn hier?“, fragte sie, löste hastig noch ein Schokoladenherz vom Schlossdach und stopfte es sich gierig in den Mund. „Wie sehr ich mich freue, dich wiederzusehen!“, rief Bella nun vergnügt. „Aber woher weißt du von meinem Zauberhaus?“

Misstrauisch schaute Bella sich um und entdeckte den kleinen Fuchs hinter der Tanne.

„Lillifee, sag die Wahrheit, hat er etwas verraten?“, fragte Bella.

Lillifee schüttelte den Kopf. Bella winkte Milo zu sich, aber er rührte sich nicht vom Fleck.

„Erzählst du mir, was es mit deinem Zauberhaus auf sich hat, Bella?“, fragte Lillifee.

„Komm erst mal mit, ich zeige dir mein Schloss und dann erfährst du alles“, versprach Bella.

Milo, der kleine Fuchs, der sich zum Fenster geschlichen hatte, kam aus dem Staunen nicht mehr heraus!
Er kannte diese kleine Bella ganz anders: mürrisch, abweisend und etwas verwirrt.
Erst diese herzliche Begrüßung und nun saß die kleine Zauberfee vergnügt mit Lillifee in der Stube und zeigte ihr ein Bild von ihrer Zauberkugel.
Milo presste sein Ohr ganz fest an das Fenster, um ja nichts zu verpassen.
„Weißt du, Lillifee, ich habe mir einen Herzenswunsch erfüllt und mir das Lebkuchenschloss aus dieser kleinen Schneekugel in die wirkliche Welt gezaubert. Es war ganz einfach. Ich habe meinen Zauberspruch gesprochen, und dann: piff, paff, ein großer Knall und mein Traumhaus stand vor mir!", strahlte Bella stolz.
„Und was ist aus den Elfen geworden, die vorher in der Schneekugel schwebten, und dem kleinen Fuchs vor dem Haus?", fragte Lillifee.
„Och, die Elfen sind nur kurz herumgeflattert und dann sofort im Zauberwald verschwunden. Der Fuchs ist mir die ganze Zeit um die Beine gestrichen, aber ich hatte einfach keine Zeit. Ich wollte mir mein Traumschloss in Ruhe anschauen, die Zimmer einrichten, die vielen leckeren Dinge probieren, meine Koffer auspacken ... oh ... ich hätte mich um den Fuchs kümmern sollen, oder? Oje, da habe ich wohl nur an mich gedacht", seufzte Bella zerknirscht.

„Und jetzt lebst du also ganz allein in deinem großen schönen Traumhaus, Bella?“, fragte Lillifee vorsichtig. Bella nickte. „Ja. Das Lebkuchenschloss war mein Traum, aber wenn ich ehrlich bin, so ganz ohne Freunde macht es mir nicht wirklich Spaß ...“

„Und was ist mit Milo, dem kleinen Fuchs?“, fragte Lillifee neugierig. „Er ist auch allein und einsam, denn durch deinen Zauber hat er sein Zuhause in der Schneekugel verloren!“

„Ich mag Milo“, antwortete Bella.

„Das hast du Milo aber leider nicht gezeigt. Er hat sogar ein wenig Angst vor dir, weil er dachte, du wärst eine kleine Hexe“, sagte Lillifee.

Da kamen Bella die Tränen. „Ich – eine Hexe?“, schniefte Bella.

„Er kennt dich eben nicht gut genug“, sagte Lillifee tröstend. „Aber das kann sich doch ändern!“
Sie winkte Milo herein. Hastig öffnete Bella die Tür und nahm den kleinen Fuchs auf den Arm.
„Es tut mir leid, lieber Milo!“, seufzte Bella und wischte sich die Tränen aus dem Gesicht. „Ich hätte mich mehr um dich kümmern müssen! Wollen wir es noch einmal neu versuchen? Was hältst du davon, wenn du bei mir im Lebkuchenschloss einziehst?“
Milo blickte Bella staunend an. „Ich glaube, ich habe mich geirrt! Du bist ja gar keine böse Hexe, sondern eine liebe Zauberfee.“
„Na, also“, strahlte Lillifee, „und jetzt suchen wir einen schönen Schlafplatz für dich, Milo!“
Mit einem lauten Juchzer sprang Milo auf Bellas Schoß.

Da rumpelte es an der Tür. Draußen stand Rupert, der Hirsch, und sagte mit ernstem Gesicht: „Prinzessin Lillifee, ich komme im Auftrag der Waldtiere und soll dich abholen!"
„Ach, herrje!", rief Lillifee erschrocken und fasste sich an den Kopf. „Das Lichterfest!"
Schnell zog sie ihren warmen Mantel an und lief ins Freie.
Rupert scharrte ungeduldig mit den Hufen. Lillifee tätschelte seinen Hals. „Da bin ich ja schon!"
Sie schwang sich auf Ruperts Rücken und er trabte los.
Lillifee drehte sich noch einmal um. Was für ein schöner Anblick: Bella stand mit Milo auf dem Arm vor dem Lebkuchenschloss und winkte.
Prinzessin Lillifee war sehr zufrieden!
„Bis später beim Lichterfest!", rief sie und winkte zurück.

Am großen Lichterbaum wurde Prinzessin Lillifee von ihren Freunden schon sehnsüchtig erwartet.
„Lillifee, wir haben schon mal ohne dich angefangen, den Baum zu schmücken. Es fehlen nur noch deine Lebkuchen und die Kerzen!"
„Jaja, die Lebkuchen", stotterte Lillifee und merkte, wie ihr heiß und kalt wurde. Die Lebkuchen! Die Kerzen! In all der Aufregung um Milo und Bella hatte sie beides doch glatt vergessen!

„Keine Sorge, ich laufe nur mal schnell zurück in die Schlossküche, bin gleich wieder da!", rief sie hastig und stolperte davon.

„Unsere Prinzessin ist aber ganz schön durcheinander!", piepste Cindy und schüttelte verwundert ihren Kopf. Prinzessin Lillifee flog schnell davon.

„Vielleicht finde ich ja eine alte Keksdose in der Speisekammer?", überlegte sie fieberhaft. „Und die Kerzen sind hoffentlich in der Truhe auf den Dachboden ..."

Aber was war das da vorne für ein Licht am Waldrand? Beinahe wäre sie in Gedanken daran vorbeigeflogen. Das waren ja Milo und Bella mit einer Laterne!

„Lillifee, wir wollen dir helfen!", riefen beide vergnügt.

Als die Freunde näher kamen, erkannte Lillifee über ihren Köpfen die drei schwebenden Lichterfeen aus der Zauberkugel.

Wortlos überreichte Bella ihr einen prall gefüllten Rucksack.

„Hier, für dich! Lebkuchenherzen, Brezeln und Zuckerstangen! Vielleicht könnten wir die Süßigkeiten noch an den Baum fürs Lichterfest hängen?"

Lillifee fragte gerührt: „Oh, Bella, du hast dein Lebkuchenschloss geplündert?"

„Keine Sorge, Lillifee, bei mir auf dem Dach gibt es noch genug Naschereien." Sie zeigte auf ihren kleinen runden Bauch. „Und hier drin sind auch schon ziemlich viele ..."

Lillifee strahlte: „Wirklich? Wenn das so ist, nehme ich deine Hilfe gerne an. Dann muss ich nämlich nur noch schauen, dass ich die Kerzen für den Baum finde ..."

„Für die Beleuchtung des Lichterbaums habe ich schon gesorgt", sagte Milo nicht ohne Stolz und zeigte auf die Lichterfeen. Die drei flatterten kichernd über dem kleinen Fuchs und berührten mit ihren Zauberstäben ein paar Schneeflocken, die daraufhin magisch leuchteten.

Lillifee umarmte Bella und Milo und lächelte freundlich zu den kleinen Lichterfeen: „Ich danke euch von ganzem Herzen! Ihr habt unser Lichterfest gerettet!"

Gemeinsam liefen sie durch den tiefen Schnee zurück zur großen Tanne. Allmählich war es dunkel geworden.
„Lillifee, da bist du ja endlich!", piepste Cindy.
„Keine Sorge! Es ist alles in bester Ordnung!", sagte Lillifee.
Hinter ihrem Rücken hängten Bella und Milo die wundervollen Lebkuchen und Zuckerstangen an die langen Zweige.
Gleichzeitig wuselten die Lichterfeen mit ihren zarten Zauberstäben durch die verschneite Tanne und brachten die vereisten Schneeflocken auf den Ästen zum Leuchten.
Das warme Licht spiegelte sich in den Augen der Waldtiere, die langsam näher kamen, um all die schönen Geschenke zu bestaunen und daran zu schnuppern und zu zupfen.
Alle stellten sich in einem Kreis um den herrlich geschmückten und erleuchteten Baum und begannen zu singen. Erst leise und feierlich, dann immer fröhlicher, stieg der Gesang hoch in den Himmel.
Als das Lichterfest zu Ende ging, wurde Prinzessin Lillifee von allen umarmt und neugierig mit vielen Fragen überschüttet.
„Lillifee, woher kommt der tolle Schnee?", fragte Rike, das Reh.
„Noch nie haben die Lebkuchen so gut geschmeckt, hast du etwa ein neues Rezept?", wollte der kleine Schneehase wissen.
„Und woher hast du die zauberhaften Schneelichter?", fragte das Eichhörnchen.
Lillifee lachte und beantwortete eine Frage nach der anderen.
Danach betrachteten sie schweigend den wunderschönen Tannenbaum. Und alle Freunde waren sich einig: Dieses Lichterfest war einfach märchenhaft!
„Ja, genau das ist es: ein wahres Wintermärchen!", seufzte Prinzessin Lillifee glücklich.